VENTE E. MARCELIN

DU 14 AU 17 NOVEMBRE

ESTAMPES

NOVEMBRE 1888

Mᵉ PAUL CHEVALLIER

COMMISSAIRE-PRISEUR,

10, rue de la Grange-Batelière

M. J. BOUILLON

Marchand d'Estampes de la Bibliothèque Nationale

SUCCESSEUR DE CLÉMENT

Rue des Saints-Pères, 3

CATALOGUE

D'ESTAMPES

ANCIENNES ET MODERNES

PRINCIPALEMENT

DES ÉCOLES FRANÇAISE ET ANGLAISE DU XVIIIᵉ SIÈCLE

COSTUMES, CARICATURES

LITHOGRAPHIES ET EAUX-FORTES

ET ENVIRON

100,000 GRAVURES EN LOTS

DONT LA VENTE AUX ENCHÈRES PUBLIQUES AURA LIEU

PAR SUITE DU DÉCÈS DE M. E. MARCELIN

Ancien Directeur de la *Vie Parisienne*

Du Mercredi 14 au Samedi 17 Novembre 1888

HOTEL DROUOT

SALLE Nᵒ 4

A 1 heure 1/2 précise

Par le ministère de Mᵉ **PAUL CHEVALLIER**, Commissaire-Priseur,
rue Grange-Batelière, 10.

Assisté de **M. J. BOUILLON**, marchand d'Estampes de la Bibliothèque Nationale,
rue des Saints-Pères, 3.

PARIS — 1888

CONDITIONS DE LA VENTE

Elle sera faite au comptant.

Les Acquéreurs payeront CINQ POUR CENT en sus des enchères applicables aux frais.

M. J. BOUILLON, chargé de la vente, se réserve la faculté de rassembler ou de diviser les lots.

ORDRE DES VACATIONS

DÉSIGNATION

ADAM (V.)

1 — Souvenir des costumes de la grande armée. Sujets composés et lithographiés par Victor Adam. 4 pièces. Coloriées.

ALDEGREVER (H.)

2 — Martin *Luther*. 1540. (B., 181.) Belle épreuve.

ALEXANDER (W.)

3 — Representation of the diner given by his Lordship, to the kentish volunteers in presence of their Majesties and the royal family. Très belle épreuve.

ALIBERT (A Paris, chez)

4 — *Cagliostro* (Seraphina Felichiani, comtesse de). In-4 en couleur. Belle épreuve.

ALIX (P.-M.)

5 — *Berthier* (le général), d'après Le Gros. In-fol. en couleur. Superbe épreuve.

6 — *Bonaparte*, premier consul. Deux portraits différents, in-fol. en couleur. Superbes épreuves avant toutes lettres.

7 — Le général *Buonaparte*, d'après Appiani. In-fol. en couleur. Superbe épreuve.

8 — *Chalier* (J.). In-fol. en couleur. Superbe épreuve avant toutes lettres.

9 — *Corday* (Marie-Anne-Charlotte). In-fol. en couleur. Très belle épreuve.

10 — *Marat* (Jean-Paul), d'après Garneray. In-fol. en couleur. Très belle épreuve.

ALIX (P.-M.)

11 — *Pie VII*, souverain pontife, d'après Wicar. In-fol. en couleur. Très belle épreuve.

12 — *Michu*, du théâtre de l'Opéra-Comique. In-4 en couleur.

13 — *Bailly* (J.-S.). — *Boileau-Despréaux* (Nicolas). — *Brutus* (L.-J.). — *Buffon*. Quatre portraits in-fol. en couleur d'après Garneray et Rigaud. Très belles épreuves.

14 — *Condillac.* — *D'Alembert.* — *Diderot.* — *Franklin.* — *Helvetius.* — *Lavoisier.* Six portraits in-fol. en couleur d'après Vanloo et Garneray. Belles épreuves.

15 — *Lepelletier* (Michel). — *Linné* (Charles). — *Mably.* — *Mirabeau* (H.-G.). — *Rousseau* (J.-J.). — *Voltaire* (F.-M.-A. de), etc. Huit portraits in-fol. en couleurs, dont deux doubles. Très belles épreuves.

ALLAIS (L.-J.)

16 — Le Songe d'amour. — Les Bacchantes et le Satyre. Deux pièces en couleur faisant pendants, d'après Boilly et West. Très belles épreuves.

ALLARD (Garolus) excudit.

17 — Le Goust. — L'Ouie. — L'Attouchement. Trois pièces d'après Saint-Jean. Belles épreuves.

ANONYMES

18 — Dame de qualité prenant le plaisir du traineau, sur la neige, en hiver. Belle épreuve.

19 — Estampes in-8, représentant les principaux événements de la Révolution française, gravées à la manière noire. 20 pièces.

20 — *Lecouvreur* (Adrienne), d'après Coypel. In-fol. en couleur. Très belle épreuve avant toutes lettres, marges.

AUBRY et SCHENAU (d'après)

21 — La Bonté maternelle, — L'Origine de la peinture, ou les Portraits à la mode. Deux pièces gravées par Blot et Ouvrier. Belles épreuves.

AUBRY-LECOMTE

22 — Madame Récamier dans son appartement, d'après Dejuinne. Epreuve avant la lettre, sur chine.

B.

23 — M. de *Voltaire*, dessiné à Ferney et gravé par B. en 1765. In-4. Belle épreuve.

BARRY (d'après James)

24 — Venus Anadyomène, par Val. Green, en couleur. Très belle épreuve.

BARTOLOZZI (F.)

25 — L'Amour et Vénus endormie. Belle épreuve, marge.
26 — A lady and her children receiving a cottager, d'après Bigg. Belle épreuve.
27 — *Bulkeley* (The right Hon^le Harriet, viscountess), d'après Cosway. Très belle épreuve.
28 — Miss *Farren*, d'après T. Lawrence. In-fol. Très belle épreuve.
29 — The Prince of Wales, d'après Russell. In-fol., en pied. Très belle épreuve,
30 — Portrait d'homme, en buste, d'après T. Lawrence. In-8, en bistre. Très belle épreuve avant la lettre.

BASIRE (James)

31 — The embarkation of king Henri VIII at Dover May XXXI st. 1520, preparatory to his interview with the french king Francis 1e, d'après Grim. Belle épreuve.

BAUDOUIN (d'après P.-A.)

32 — Le Couché de la mariée, par Moreau et Simonet. Belle épreuve.
33 — L'Enlèvement nocturne, par N. Ponce. Belle épreuve.
34 — L'Epouse indiscrète, par N. De Launay. Belle epreuve.
35 — Le Modèle honnête, par Moreau et Simonet. Belle épreuve

BAUDOUIN (d'après P.-A.)

36 — Qu'est là. — J'y vais. Deux pièces formant pendants, gravées en couleur par L. Marin. Belles épreuves sans marges.

BEAUVARLET (J.-F.)

37 — *Molière* (J.-B. Poquelin de), d'après Bourdon. In-fol. Très belle épreuve.

BENWELL (d'après J.-H.)

38 — Cupid's revengé, gravé en couleur par Knight. Très belle épreuve.

BERTAUX (d'après)

39 — Le Charlatan français. — Le Charlatan allemand. Deux pièces faisant pendants, gravées par Helman. Belles épreuves avec marges.

BERTHAULT

40 — Vue perspective de la place Louis XV et du pont Louis XVI. Belle épreuve, marge.

BIGG (d'après W.-R.)

41 — Blak Monday, or the Departure for school. — Dulce domum, or the Return from school. Deux pièces faisant pendants, gravées par J. Jones, en couleur. Très belles épreuves.

42 — The sailor's orphans; or, the young ladies' subscription. — The soldier's widow; or, School Boys' collection. Deux pièces faisant pendants gravées par Ward et Dunkarton. Superbes épreuves.

43 — The stormy night. — Morning after the storm. Deux pièces faisant pendants gravées par Ward. Belles épreuves.

44 — Sunday morning, a cottage family going to church, par W. Nutter. Belle épreuve.

45 — The Truants. — The Romps. Deux pièces faisant pendants, gravées par Ward, en couleur. Très belles épreuves.

BLOIS (A. DE)

46 — Ortance *Mancini*, duchesse de Mazarin, d'après P. Lely. In-4. Belle épreuve.

BOILLY (d'après L.)

47 — Ah qu'il est joli, par Augustin Le Grand. Très belle épreuve, marge.

48 — Le Cadeau délicat, par Tresca, en couleur. Très belle épreuve.

49 — La douce impression de l'harmonie. — Suite de la douce impression de l'harmonie Deux pièces en couleur faisant pendants, gravées par Wolff. Belles épreuves.

50 — L'Evanouissement, par Tresca. Belle épreuve, marge.

51 — La Jarretière, — La Jardinière, — La Précaution. Trois pièces en couleur gravées par Tresca. Belles épreuves.

52 — Prélude de Nina, par Chaponnier. Belle épreuve.

53 — Prélude de Nina, — L'Amant favorisé, — La Comparaison des petits pieds. Trois pièces gravées par Chaponnier, en couleur.

54 — 1re scène de voleurs, — 11e scène de voleurs. Deux pièces faisant pendants, gravées par Gror, en couleur. Très belles épreuves.

55 — Les mêmes estampes. Superbes épreuves avant toutes lettres.

56 — Le Sommeil trompeur, — Le Réveil prémédité. Deux pièces en couleur faisant pendants, gravées par Wolff. Belles épreuves.

BOILLY ET ANSIAUX (d'après)

57 — La douce résistance. — Retour du messager d'amour. Deux pièces gravées par Tresca et mariage en couleur.

BOILLY ET SABLET (d'après)

58 — Le Porte-Drapeau de la fête civique, — Le Maréchal ferrant de la Vendée. Deux pièces faisant pendants, gravées par Copia ; une est avant la lettre.

BONNET (L.)

59 — Diane au bain, d'après Beaufort, en couleur. Belle épreuve.

BONNET (A Paris, chez)

60 — Simon à la fenêtre à Suzon, — Jeannot et Dodinet le repoussant, — Jeannot à la fenêtre, — Ragot en montrant le tableau. Quatre pièces en couleur.

BORCKHARDT et SINGLETON (d'après)

61 — Maternal instruction, — Camilla recovering from her swoon. Deux pièces gravées par Noble et Keating. Belles épreuves.

BOSIO (d'après D.)

62 — Le Coucher des ouvrières en linge, — Le Lever des ouvrières en linge. Deux pièces en couleur faisant pendants. Belles épreuves.

63 — La Bouillotte. Très belle épreuve en couleur.

64 — Le Logeur ou les effets des vertus hospitalières de Paris. Très belle épreuve en couleur.

BOSSE (A.)

65 — Judith (G. D., 4). Bonne épreuve.

66 — L'Enfant prodigue, suite de six pièces (G. D., 34-39). Belles épreuves avec l'adresse de Le Blond.

67 — Les Vierges sages et les Vierges folles, suite de sept pièces dont nous n'avons que six (43-49). Bonnes épreuves.

68 — Les œuvres de miséricorde, suite de sept pièces (50-56). Belles épreuves.

69 — Les Sens, suite de cinq pièces (1071-1075). Très belles épreuves avec l'adresse de Melor Tavernier.

70 — Les quatre âges de l'homme, suite de quatre pièces (1076-1079). Belles épreuves, dont deux avec les bordures coupées.

71 — Les Saisons, suite de quatre pièces (1082-1085). Belles épreuves avec l'adresse de Le Blond.

BOSSE (A.)

72 — Cérémonie observée au contrat de mariage passé à Fontainebleau, en présence de leurs Majestés, entre Uladislas IV, roi de Pologne, et Louise Marie de Gonzague, princesse de Mantoue et de Nevers, le 25 septembre 1645 (1223) Très belle épreuve, marge.

73 — La Joye de la France (1226). Bonne épreuve.

74 — Les Forces de la France (1228). Belle épreuve.

75 — Louis XIII à genoux devant un autel (1240). Bonne épreuve.

76 — Louis XIII représenté sous la figure d'Hercule (1241). Bonne épreuve.

77 — L'Infirmerie de l'hôpital de la Charité de Paris (1266). Très belle épreuve.

78 — Une villageoise se rendant au marché (1367). Belle épreuve.

79 — L'Hôtel de Bourgogne (1268). Très belle épreuve.

80 — Le Mariage à la ville, suite de six pièces (1374-1379). Très belles épreuves.

81 — La Mariée reconduite chez elle. Très belle épreuve, marge.

82 — Le mari qui bat sa femme, — Le femme qui bat son mari. Deux pièces (1383-1384). Belles épreuves avant l'adresse de Le Blond.

83 — Le Peintre, — Le Scupteur, Le Graveur et l'Imprimeur, suite de quatre pièces (1385-1388). Belles épreuves.

84 — Le Maître et la Maîtresse d'école. Deux pièces (1389-1390) Belles épreuves.

85 — Les Métiers, suite de sept pièces (1391-1397). Très belles épreuves avec les adresses de Le Blond et Mel^{or} Tavernier.

86 — Les femmes à table en l'absence de leurs maris (1399). Belle épreuve avec l'adresse de Le Blond.

87 — Le Bal (1400). Superbe épreuve avant la lettre.

BOSSE (A.)

88 — Un Français debout, l'épée à la main (1407). Très belle épreuve.

89 — Le Jardin de la noblesse française, — La Noblesse à l'église, — Les Eléments, etc., — Les Saisons, etc. Vingt-huit pièces.

90 — Parabole du mauvais riche et Lazare, — Mariage à la campagne, — Sujets historiques, etc. Vingt pièces.

91 — Costumes, pièces de mœurs et historiques, par et d'après Abraham Bosse et autres. Cent pièces.

BOUCHER (d'après F.)

92 — L'Aimable Bouquetière, petite pièce in-8° dans une bordure ornementée. A Paris chez Mond'hare. Rare.

93 — Les plaisirs de l'île enchantée, par L. Cars. Vignette in-4° pour les œuvres de Molière. Très rare épreuve avant toutes lettres, non entièrement terminée.

94 — Jeune femme assise, lisant, gravé aux trois crayons par Demarteau. Belle épreuve.

95 — Vue des environs de Beauvais, — Seconde vue de Beauvais. Deux pièces gravées par Le Bas. Très belles épreuves, marges.

BOUCHER-DESNOYERS (Aug.)

96 — Phèdre et Hippolyte, d'après Guérin. Belle épreuve.

BOURLIER (M.-A.)

97 — Her royal Highness the Princess of Wales, d'après Beechy. In-4°. Belle épreuve.

BRACQUEMONT

98 — Le Tournoi, d'après Rubens. Deux épreuves avant la lettre.

BROWN (d'après M.)

99 — To his Grace the duke of Leeds Governor of the United Turkey - Company, this plate of his Majesty and the officers of state receiving the Turkish Ambassador and suit. Gravé par Orme, en couleur. Très belle épreuve.

BUHOT, GOENENTTE et **SOMM.**

100 — Frontispice pour l'illustration nouvelle, — Portrait, — Calendrier. Trois pièces. Epreuves de premier tirage.

CALAMATTA (L.)

101 — George *Sand*, in-fol. Epreuve sur chine.

CALLOT (J.)

102 — Les Apôtres, — La Noblesse, — Les Exercices militaires, — Les Fantaisies, — Les Mendiants, — Les Balli, etc., etc. Environ deux cents pièces qui seront vendues sous ce numéro.

CARDON (Ant.)

103 — *Moreau* (Victor), général en chef. In-fol. Très belle épreuve, marge.

CARICATURES

104 — Caricatures de la suite intitulée : Le bon genre. Trente-huit pièces.

105 — Le Musée grotesque. Vingt-neuf pièces publiées chez Martinet.

106 — Caritures parisiennes, — Le suprême bon ton. Seize pièces publiées chez Martinet.

107 — Caricatures parisiennes, — Le goût du jour. Neuf pièces publiées chez Martinet.

108 — Madame Very, restaurateur, palais royal, Paris 1814, — Le belle limonadière au calfée de mille collone. Deux pièces, par Rowlandson,

109 — La Belle Limonadière, — Confort, — La bienvenue, — Drapeaux. Quatre pièces.

110 — La Leçon d'équitation, — L'Entrée d'une partie des alliés à Paris. L'Envie réciproque, — La Pétarade, — Soirée du Luxembourg. etc. Six pièces.

111 — Les Inconvéniens de la chasse, — Le Grimacier de Tivoli, — Le Choix du poisson, — Le Bâtoniste, — La parade du boulevard du Temple, à Paris, — Le Départ, — Le Retour, — Les Anglais en goguette, etc. Onze pièces publiées chez Noel.

112 — Les suppléants, — L'adroite friponne, — Et nous aussi
j'valsons. — La valse, — Le mors aux dents, — La
fureur des corsets, — Départ pour Frascati, — La partie
de Long-champs, — Les décroteurs artistes. Dix pièces
publiées chez Depeuille et Chereau.

113 — Anglais à la promenade, — Les Meringues du Perron,
ou Milord la gobe, — Les Maigrelets, — Le Baiser forcé,
— L'Autrichien sentimental, — Bivouac anglais aux
Champs-Elisées, etc. Quatorze pièces.

114 — Caricatures faites sur les soldats écossais sans culottes,
à Paris (1815). Douzes pièces.

115 — Scènes anglaises dessinées à Londres. Suite de quatre-
pièces publiées chez Martinet.

116 — Modes du jour, — Cabaret de la mère radis, — Effets
merveilleux des bretelles, — Le ménage de garçon, etc.
Onze pièces publiées chez Basset.

117 — Le Départ du directeur de province, — Le Café des co-
médiens, — La Pudeur trahie, — Les Grisettes, — Allons
à bagatelle, — Suite effrayante de la passion du jeu, —
Promenade dans un jardin public, — Le coup de vent,
etc., etc. Douze pièces publiées chez Martinet.

118 — Les Invisibles du commerce volant à la Bourse, — Dé-
lassement des habitués du Luxembourg au café du Sénat,
— La Galerie du Palais-Royal, — La leçon de danse, —
L'empire des usages, ou chaque pays chaque mode, etc
Cinq pièces.

119 — Le premier pas d'un jeune officier cosaque au Palais-
Royal, — Ah! fi donc, ou les annonces en pure perte, —
Les adieux du Palais-Royal, ou les suites du premier pas,
— Le jeu des sages, — Le délassement des politiques.
Huit pièces publiées chez Martinet.

120 — Mœurs du dix-neuvième siècle, — Le café Procope, —
Jean qui rit, — Le retour de la garde, — L'étrenne du
bonnet. — Le double piège. Sept pièces.

121 — Le Jour de service, — Costume de printemps, — Costume du matin, — Agrément des chaines de sûreté, — En Angleterre on les croyait stériles, — La retraite, — Le sabot corse en pleine déroute, — Les Anglais au canal de l'Oure, etc. Seize pièces publiées chez Martinet.

122 — Caricatures diverses, françaises et étrangères, gravures et lithographies coloriées. Quatre-vingt-seize pièces.

123 — L'étudiant en visites du jour de l'an, — L'homme aux six têtes. — Rira bien qui rira le dernier, — La Barbe du sapeur, — Les papillons, — Le matériel perdu, etc. etc. Dix-sept pièces.

124 — Caricatures et costumes militaires, français et allemands. Cinquante pièces.

125 — Déjeuné frugal de M. Aricosec, — M. de la Jobardière chez son secrétaire, — M. de la Jobardière de retour dans son manoir, — L'aspirant, — M. Pigeon s'étant piqué d'honneur, — Chemise à la victime, — L'Auteur sifflé, — L'Auteur applaudi, etc. Onze pièces.

126 — Potier et Brunet dans le duo des Anglaises pour rire, — L'Anglais et le Français ou chacun son goût, — Les deux époques, — Une matinée au Palais-Royal, — Officiers et soldats russes, — L'Embarras du choix, ou les Anglais au Palais-Royal, etc. Huit pièces publiées chez Gautier et Genty.

127 — Tableaux de Paris, par Opiz, — Lithographies, par Boilly. Huit pièces.

128 — Caricatures anglaises. Onze pièces publiées chez Vallardi.

129 — Le Compliment du jour de l'an. — M. et Mme Denis, — Les quatre coins, — La main chaude, — Le coucher des ouvrières en linge, — Le baiser à la capucine, — A l'aune, je préfère le mètre, etc. Dix-huit pièces.

130 — Caricatures politiques et autres sur Louis XVIII, — Le duc d'Angoulême, etc. Dix-huit pièces.

CHALLIOU (A Paris, chez)

131 — Le Repos de Vénus. Pièce en couleur de forme ovale. Très belle épreuve, marge.

CHAMPOLLION (E.-A.)

132 — Le choix du modèle, d'après Fortuny. Epreuve d'artiste.

CHARLET (N.-T.)

133 — La Bienvenue, — Le Soldat français, — Infanterie légère française, carabinier, — Infanterie légère française, voltigeur, etc. Six pièces dont une double.

134 — Le Soldat musicien. — L'Instruction militaire, — L'aumône, — Ecole de balayeur, — Voilà pourtant comme je serai dimanche. Cinq pièces. Belles épreuves.

135 — Doucement la mère Michel, — Elle a le cœur français ! l'ancienne, — L'Intrépide Lefèvre, — Le gamin éminemment et profondément national, — Au commandement de halte ! — Infanterie légère montant à l'assaut, — Réjouissances publiques, etc. Huit pièces. Très belles épreuves.

136 — Délassement des consignés, — Courage, résignation, — Ils sont les enfants de la France, — Au maréchal Brune, etc., etc. Six pièces. Très belles épreuves.

137 — La vieille armée française. Quarante-huit pièces.

138 — Costumes militaires français. Trente pièces gravées au trait et coloriées.

139 — Sous ce numéro, il sera vendu par lots deux portefeuilles contenant trois cent vingt-cinq pièces, costumes militaires, sujets d'albumss etc.

CHARPENTIER (A Paris, chez)

140 — Vue de la ville de Rouen, avec légende dans la marge du bas.

CHASSES ET COURSES

141 — Sous ce numéro, il sera vendu trois portefeuilles, sujets de chasses et de courses, publiés en France et en Angleterre.

CHAZAL (A.)

142 — Vue de la fête des Loges, dans la forêt de Saint-Germain en Laye. Petite pièce coloriée. Rare.

COCHIN (d'après CH. N.)

143 — Bataille de Fontenoy, par Soubeyran. Belle épreuve, marge.

COLLYER (J.)

144 — S. A. R. la princesse *Louise*, sœur du prince Ferdinand de Prusse, d'après Bardon. In-fol. Belle épreuve, marge.

CONDÉ (J.)

145 — Her Royal Highness the Dutchess of York. In-8. Très belle épreuve.

COQUART (A.)

146 — Plans de Paris du traité de la police. Sept pièces.

COQUERET

147 — *Hoche*, général en chef de l'armée de Sambre-et-Meuse, d'après Ursule Boze. In-fol., en manière noire. Belle épreuve.'

COSTUMES

148 — Costume parisien, de l'an VI à 1826. Onze cents pièces.

149 — Modes et manières du jour, par Debucourt. Vingt-quatre pièces en couleur.

150 — Costumes par Duhamel et Defraine, tirés du *Cabinet des modes*. Trente-trois pièces.

151 — Coiffures et costumes par Depain, Desrais et Leclerc, etc. Vingt-trois pièces en noir et coloriées.

152 — Les Métiers de Paris, par Gatine et Lanté. Vingt pièces.

153 — Costumes et coiffures tirés des publications allemandes et anglaises. Cent trente-huit pièces dont plusieurs par Duhamel, tirées du *Cabinet des modes*.

154 — Coiffures et costumes par Chodowiecki. Soixante-treize pièces.

155 — Bonaparte, Consul premier, en grand costume, — Costume des ministres de la République française, — Costume des conseillers d'État, — Costume du secrétaire d'État. Quatre pièces par Chataigner, coloriées.

156 — Costumes des fonctionnaires publics, représentant du peuple, etc., par Chataigner, David et autres. Trente-quatre pièces.

157 — Costumes des fonctionnaires de l'État et membres des Assemblées délibérantes, par Chataigner. Quarante-deux pièces.

158 — Costumes de théâtre de la collection publiée chez Martinet. Cent quatre-vingt-seize pièces.

COSTUMES MILITAIRES

159 — Troupes françaises, costumes, in-8 publiés chez Martinet. Cent quarante-sept pièces en noir et coloriées.

160 — Troupes françaises et étrangères, costumes, in-8 publiés chez Basset, Genty et Martinet. Cent vingt et une pièces en noir et coloriées.

161 — Armées des souverains alliés à Paris, 1815. Sept pièces, publiées chez Martinet et chez Noël.

162 — Collection des uniformes des armées françaises de 1791 à 1814, et de 1814 à 1824, par H. Vernet et Eug. Lami. Cent vingt-cinq pièces et partie du texte.

163 — Les Principaux généraux de l'Empire représentés à cheval. Dix-huit pièces, publiées chez Jean, coloriées.

164 — Garde des consuls. Treize pièces.

165 — Costumes de l'armée française, par Ch. Vernier, publiés chez Aubert. Quatre-vingt-sept pièces.

166 — Costumes de l'armée française, par Lalaisse, publiés par Hautecœur. Vingt-huit pièces.

167 — Esquisses historiques des différents corps qui composent l'armée française, par Joachim Imbert,... dessiné par Charles Aubry,... A. Degouy, éditeur. Vingt et une pièces.

168 — L'Empereur et la garde impériale, par Charlet, avec un Précis historique sur la garde et une Notice sur les officiers généraux et supérieurs qui en ont fait partie, par M. Adrien Pascal. Paris, 1853. Quarante-huit planches avec texte.

169 — Collection des costumes militaires de l'armée et de la marine française, depuis août 1830, par Raffet. Trente-deux pièces, dans la couverture de publication.

170 — Costumes de l'armée française, par Bellangé, Charlet et Raffet. 30 pièces.

171 — Musée rétrospectif de l'armée française, par Philippoteaux. Trois cent cinquante-sept pièces coloriées.

172 — Pièces du même ouvrage, scènes historiques, vignettes, etc., par le même artiste. Quatre cent vingt-huit pièces.

173 — Collection des costumes militaires, armée française, 1832, représentés dans des sujets de genre, lithographiés par Victor Adam. Suite de trente-six pièces dans la couverture de publication.

174 — Galerie militaire. Cent dix-huit pièces.

175 — Types militaires, par Lalaisse. Cent vingt-deux pièces.

176 — Collection des uniformes de l'armée française, présentée au roi par S. E. M. le maréchal duc de Bellune, 1823. Douze pièces.

177 — Costumes militaires des différents États de l'Allemagne, publiés à Munich sous ce titre : *Das deutsche Bundesheer in characteristischen truppen entwarfen und gezeichnet in verbindung mehrerer Kunstler von H.-A. Erkert in Munchen*. Cent soixante pièces.

178 — Costumes de l'armée anglaise, par Cruikshank, publiés en 1812. Cinquante-quatre pièces.

179 — Drapeaux de la garde nationale, — Et moi aussi je viens de l'île d'Elbe, — Je la portais à Marengo, — La garde meurt et ne se rend pas. Neuf pièces.

180 — Costumes divers, français et étrangers. Cinquante-trois pièces.

181 — Sous ce numéro il sera vendu huit portefeuilles de costumes militaires divers, français et étrangers.

COURTRY

182 — La reine Marie de Médicis, représentée assise, d'après Rubens. Épreuve du premier état.

DAUBIGNY

183 — Eaux-fortes par Daubigny. Douze pièces.

DAUMIER (H.)

184 — Sous ce numéro, il sera vendu un portefeuille contenant Deux cents pièces de cet artiste.

DAVESNE

185 — Les Prunes, — Les Cerises. Deux pièces en couleurs faisant pendants. Très belles épreuves.

DEBUCOURT (P.-L.)

186 — La jeunesse d'Annette et Lubin, en couleur. Belle épreuve, sans marge.

187 — Les Compliments ou la Matinée du jour de l'an, en couleur. Très belle épreuve, sans marge.

188 — La Croisée. Très belle épreuve, en couleur.

189 — L'Heureuse Mère, par Robinson. Belle épreuve.

190 — Il est pris, — Elle est prise. Deux pièces en couleur faisant pendants. Très belles épreuves.

191 — Jouis tendre mère. Bonne épreuve.

192 — Minet aux aguets. Belle épreuve.

193 — Oui son arrivée fera notre bonheur. Très belle épreuve.

194 — La Rose mal défendue. Très belle épreuve.

195 — La Rose mal défendue. Très belle épreuve en couleur.

196 — Le Coeffeur, en couleur. Belle épreuve, marge.

197 — *Chenard*, acteur In-fol. Epreuve avant toutes lettres.

198 — *La Fayette* (le marquis de). In-fol. en pied. Très belle épreuve, marge.

199 — *Napoléon I*er In-fol., en pied. Très belle épreuve en couleur.

200 — Réception de Mme la duchesse de Berry par Sa Majesté Louis XVIII et la famille Royale à Fontainebleau le 15 juin 1816, d'après Vernet. Très belle épreuve.

DEBUCOURT (P.-L.)

201 — Le Coup de vent, d'après Vernet, en couleur. Très belle épreuve, marge.

202 — Les amateurs de plafonds au Salon. Belle épreuve.

203 — Route de poste, — Route de Poissy, — Route de Saint-Cloud, — Retour du marché, — Retour des champs, — Les joueurs de boules. Six pièces en couleur d'après C. Vernet. Une est double, en noir. Sept pièces.

204 — La Marchande de coco, — La Toilette d'un clerc de procureur, — Il n'y a pas de feu sans fumée, — Joly, acteur du Vandeville, — Les Gastronomes, — Costumes militaires, etc. Douze pièces d'après Vernet.

205 — Passez, Payez, — La Marchande d'eau-de-vie, — La Marchande de cerises, — La Marchande de saucisses, — Le Jour de barbe d'un charbonnier, — Le Marchand de peau de lapin, — La Marchande de poissons, — Le chiffonnier. Huit pièces en couleur d'après Vernet.

206 — Goûter des Anglais, — Anglais en habit habillé, — Promenade anglaise, — La Partie de plaisir, — Les Anglais à Paris, — Artilleur et chasseur anglais, — Famille écossaise, — Rencontre d'officiers anglais, — Artilleur anglais, — Militaires anglais, etc., etc. Quinze pièces en couleur d'après Vernet.

207 — Costumes militaires anglais, russes et prussiens, d'après Vernet. Onze pièces.

208 — Officiers prussiens, — Uhlan prussien, — Houssard autrichien, — Officier de dragons danois, — Cuirassier prussien. Six pièces en couleur d'après Vernet.

209 — Militaires de la Garde Impériale russe et allemande, — Tambours russe et anglais, — Cosaque régulier de la garde, — Mameluck, — Le Kalmuck, — Cosaques au bivac, — Le Cosaque galant. Sept pièces en couleur d'après Vernet.

DEBUCOURT

210 — Officier et Grenadier de la Garde Royale française,
— Tambour major de la Garde Nationale pari-
sienne, — Cuirassier français, — Grenadier et Tambour
de la Garde Nationale parisienne, Dragon et Lancier de la
Garde Royale française. Cinq pièces en couleur d'après
Vernet.

DELACROIX (Eugène)

211 — Tigre royal, — Lion de l'Atlas. Deux pièces, dont une
avec l'adresse de Gaugain.

DELAUNE (Étienne)

212 — Les Planètes, suite de sept estampes dont nous n'avons
que six (R.-D., 119-125). Belles épreuves.

DEMARCENAY

213 — *Turenne* (le vicomte de). In-8. Belle épreuve avant la
lettre.

DENY (A Paris, chez)

214 — L'Agréable surprise, — L'hommage accepté. Deux
pièces coloriées faisant pendants. Belles épreuves.

215 — L'Occasion favorable, — Le Danger des bosquets. Deux
pièces coloriées.

DEROSIER (d'après)

216 — Le Déjeûner du modèle, gravé en couleur par Som-
bret. Belle épreuve, marge.

DESCOURTIS

217 — L'hermite du Colisée, — La prière interrompue. Deux
pièces en couleur faisant pendants, d'après Robert. Très
belles épreuves.

218 — Vue de la chapelle de Guillaume Tell, — Chute de la
Tritt, — Vue d'un pont sur l'Aar, — L'hôpital sur le
Grimsel, — Glacier supérieur de la vallée du Grindelwald.
Cinq pièces en couleur. Belles épreuves.

DESCOURTIS et JANINET

219 — Vues de Paris, d'après De Machy. Trois pièces en couleur. Belles épreuves.

DESFOSSÉS (d'après)

220 — La Reine annonçant à Mme de Bellegarde, des juges et la liberté de son mari, en mai 1777, gravé par Duclos. Belle épreuve.

DEVERIA

221 — Victor *Hugo*. In-fol. Épreuve sur chine.

DIVERS

222 — Grotte de Paphos, — Jardins anglais qui sont en France, — Vue prise dans le parc Saint-James, — Vue du pont Notre-Dame, etc. Sept pièces en couleur.

223 — Petites vues de Paris, imprimées à deux sujets sur une même feuille, en couleur. Seize pièces.

224 — Vues de la ville et des monuments de Londres. Quatorze pièces en couleur. Très belles épreuves.

225 — Vues et monuments de la ville de Vienne (Autriche), par Zugler et autres. Treize pièces en couleur. Très belles épreuves.

226 — Paysages et vues d'Angleterre. Treize pièces en couleur. Très belles épreuves.

227 — Vues de Suisse. Douze pièces en couleur.

228 — Tableaux de Paris, — Scènes de mœurs, etc., par Marlet, Scheffer, Wattier, Philipon, Bouchot, Gérard Fontalard, etc. Cent quatre-vingt-quatorze pièces coloriées.

229 — Sujets et paysages, gravés à l'eau-forte, par et d'après Blery, Decamps, Lefèvre, Delacroix, P. Huet, Jacques, etc. Dix pièces.

DORÉ (G.)

230 — Une Mendiante à Londres, — Misérables sur le pont de Londres, première planche, — Mendiant Juif à Londres. La petite mendiante, — Pauvresse à Londres, — Contrebandiers espagnols. Six pièces gravées à l'eau-forte. Très belles épreuves. Rares.

DOWNMANN (d'après)

231 — Deux pièces de l'histoire de Tom Jones. Très belles épreuves avant toutes lettres.

DROYER

232 — Ils s'enchantent, — Ils se suffisent. Deux pièces faisant pendants, publiées chez Martinet. Belles épreuves.

DUHAMEL ET DEFRAINE

233 — Costumes tirés du *Cabinet* des modes. Vingt-deux pièces en couleur, à plusieurs sujets sur chaque feuille.

DUPLESSIS-BERTAUX

234 — Entrée de Louis XVIII à Paris. Épreuve à l'état d'eau-forte.

235 — Sous ce numéro il sera vendu un portefeuille renfermant une partie de l'œuvre de Duplessis-Bertaux.

DUPUIS (d'après)

236 — La Promenade du matin, par Chaponnier, en couleur. Belle épreuve.

DURAND ET GARBIZZA (d'après)

237 — Vues des principaux monuments de Paris, gravés par Janinet et Chapuy. In-4, en couleur. Très belles épreuves. Trente-quatre pièces.

DUTAILLY (d'après)

238 — On doit à sa patrie le sacrifice de ses plus chères affections. — Il est glorieux de mourir pour sa patrie. Deux pièces faisant pendants, gravées en couleur par Coqueret. Belles épreuves.

EARLOM (R.)

239 — The royal Academy des arts de Londres, d'après Zoffany. Belle épreuve.

240 — Ruben's son and Nurse, d'après Rubens. Très belle épreuve.

EARLOM (H.)

241 — The Larder, d'après Martin de Vos. Superbe épreuve.

242 — A fish Market, — A. Game Market. Deux pièces faisant pendants, d'après Snyders. Très belles épreuves.

243 — A Concert of Birds, d'après Mario di Fiori. Très belle épreuve.

244 — A Blacksmith's shop, d'après J. Wright. Très belle épreuve.

245 — Colonel Mordaunt's Cock Match, d'après Zoffany. Très belle épreuve.

ÉCOLE ALLEMANDE

246 — Sous ce numéro il sera vendu un portefeuille d'estampes, par Aldegrever, Beham. G. Penez, de Bry, les Hopfer, gravures sur bois, etc.

ÉCOLE FRANÇAISE DU XVIIIᵉ SIÈCLE

247 — Le Jeu du Juif. Pièce in-4. Belle épreuve.

248 — Petites compositions pour Almanachs de poche. Douze pièces, dont six coloriées.

249 — Trompe-l'œil où sont représentés tous les papiers-monnaies de la république. Deux pièces. Belles épreuves.

250 — *Courville* (Mᵐᵉ de), petit portrait in-8 de forme ovale. Belle épreuve.

ÉCOLE ANGLAISE

251 — Portraits par Reynolds Cosway, Fisher et Schiavonnetti. Quatre pièces. Belles épreuves.

252 — A Saint-James's Beauty. In-4 de forme ovale, en couleur. Belle épreuve.

253 — Portrait de la princesse *Charlotte - Auguste*. In-fol. Épreuve avant la lettre.

254 — Portraits et sujets, d'après Morland, Stolbard, sir Th. Lawrence, etc. Huit pièces.

ÉCOLE ANGLAISE

255 — Caricatures et chasses, par Rowlandson, Suntach et Malvieux. Huit pièces.

256 — Vues d'Angleterre. Quatre pièces.

ÉCOLES FRANÇAISE et ANGLAISE

257 — Portraits, costumes et sujets divers, en noir et en couleur. Soixante-huit pièces.

L'ENFANT (d'après P.)

258 — Le Testament de La Tulipe, — Les Adieux de Catin. Deux pièces gravées par Beauvarlet. Belles épreuves.

FICQUET (ÉTIENNE)

259 — *Crebillon*, d'après Aved, — *Rousseau*, d'après Aved, — *Vadé*, d'après Richard, — *Voltaire*, d'après De la Tour. Quatre portraits in-8. Belles épreuves.

260 — *Descartes* (*René*), d'après F. Hals. Belle épreuve.

FISCHER

261 — Nos serviteurs. Suite de huit pièces. Coloriées. Rares.

FRAGONARD (H.)

262 — L'Armoire. Belle épreuve avant l'adresse de Naudet.

FRAGONARD (d'après H.)

263 — La bonne mère. In-4 en couleur. Belle épreuve.

264 — Le Contrat, — Le Verou. Deux pièces faisant pendants gravées par Blot. Très belles épreuves.

265 — La Gimblette, par Bertaay. Belle épreuve.

266 — Paysage gravé au bistre par Saint-Non. Belle épreuve.

267 — Vignettes in-4 pour les contes de La Fontaine, édition Didot. Onze pièces. Très belles épreuves.

268 — Le Cocu battu et content, par Delignon. Rare épreuve avec les noms des artistes, marge.

FREUDEBERG (d'après S.)

269 — Le Départ du soldat suisse, — Le Retour du soldat suisse. Deux pièces en couleur faisant pendants. Belles épreuves, sans marge.

FUSLEY (d'après H.)

270 — .'he night mare, par Lauride, en couleur. Très belle épreuve, marge.

GARDNER (d'après D.)

271 — M^{rs}. *Crewe*, par Miss Martin. In-4, en couleur. Belle épreuve.

GAUTIER

272 — *Dubois* (Antoine), d'après Boilly, in-4 en couleur. Belle épreuve.

GAVARNI

273 — Sous ce numéro il sera vendu cinq portefeuilles contenant 1,400 pièces de l'œuvre de Gavarni.

GEISSLER (C.-G.)

274 — Retour du Conseil général tenu le 10 février 1789. Belle épreuve.

GEISSLER et A. BARTSCH

275 — Armées russe et autrichienne en marche. Quatre pièces d'après Kobell. Belles épreuves.

GENTY (A Paris, chez)

276 — Cortège du mariage de Gaspard l'Avisé, — Mariage de Gaspard l'Avisé à Domfron en Normandie. Deux pièces en couleur faisant pendants. Très belles épreuves.

GEORGY (P.)

277 — The Morning after Mariage or A scene on the Continent. Pièce coloriée.

CÉRARD (d'après Mlle)

278 — L'art d'aimer, par H. Gerard. Belle épreuve avant la lettre.

GÉRICAULT

279 — Le factionnaire suisse au Louvre. Très belle épreuve.

GHEYN (J. DE)

280 — Portraits des chefs des tributs des Juifs, d'après Karel van Mander. Suite de douze pièces. Belles épreuves.

GILLRAY

281 — A Pig in a poke, en couleur. Belle épreuve.

GODEFROY (A.)

282 — Esquisse représentant la réunion des souverains accompagnant Sa Majesté l'Empereur et Roi, au bal donné par la ville de Paris, le 4 décembre 1809. Très belle épreuve.

GOLTZIUS (H.)

283 — Un porte-enseigne tenant le drapeau de son régiment (B., 135). Très belle épreuve.

284 — Un capitaine d'infanterie, marchant avec une hallebarde à la main (B., 126). Très belle épreuve.

285 — Hercule portant sa massue (B., 142). Belle épreuve.

286 — *Henri IV*, roi de France (B., 174). Très belle épreuve de la copie.

287 — Les habillements des officiers et soldats d'un régiment d'infanterie des Pays-Bas. Suite de douze estampes gravées par Jacques de Gheyn (B., t. III, page 120). Très belles épreuves.

GOLTZIUS (H.) ET SON ÉCOLE

288 — Sous ce numéro il sera vendu un portefeuille d'estampes par Goltzius, Matham, Saenredam, Sadeler, Muller, etc.

GRANVILLE ET TRAVIÈS

289 — Sous ce numéro il sera vendu par lots deux cents pièces en couleur et en noir par ces deux artistes.

GREUZE (d'après J.-B.)

290 — L'Accordée de village, — Le Paralitique servi par ses enfants. Deux pièces faisant pendants gravées par Flipart. Très belles épreuves.

291 — Les premières leçons de l'amour, — Le Silence. Deux pièces gravées par Voyez et L. Cars. Belles épreuves.

292 — Les Sevreuses, — Retour de nourrice. Deux pièces gravées par Ingouf et Beauvarlet.

GRIMOU (d'après)

293 — L'Espagnol, par Flipart. Belle épreuve.

HENRIQUEL-DUPONT

294 — *Molière* (J.-B. Poquelin de), d'après Mignard, publié par la Société de gravure. Epreuve sur chine.

HOGARTH (W.)

295 — Les heures du jour. Suite de quatre pièces en hauteur. Belles épreuves.

HOGARTH (d'après W.)

296 — Mariage à la mode. Suite de six pièces gravées par Baron, Ravenet et Scotin. Belles épreuves.

297 — Archness, — Sensibility. Deux pièces en couleur faisant pendants. Belles épreuves, marges.

HOPPNER (d'après J.)

298 — M^{rs}. *Barclay Paget*, sous la figure de Psyché, gravé par Meyer. Très belle épreuve.

299 — *Wellington* (field marshall duke de). In-fol., en pied, gravé en couleur par G. Clint. Très belle épreuve.

300 — Portrait d'une jeune femme, vue de face, gravé en couleur par J.-R. Smith. Belle épreuve.

HOPPNER et BEECHY (d'après)

301 — The Gipsy fortune teller, — The Show. Deux pièces faisant pendants, gravées par Young. Superbes épreuves

HOTTINGER (F.-W.)

302 — Suzanne von *Bandemer*, geborne von *Franklin*. In-8.
Très belle épreuve, marge.

HUET (d'après J.-B.)

303 — L'Amant écouté, — L'Éventail cassé. Deux pièces en
couleur faisant pendants. Belles épreuves, sans marges.

304 — L'Amant pressant, — La Déclaration. Deux pièces en
couleur faisant pendants, gravées par Legrand. Très
belles épreuves.

305 — Le Déjeuner, — Le Diner, — Le Souper. Trois pièces
gravées en couleur par Bonnet. Belles épreuves.

306 — La Toilette, par Bonnet, en couleur. Belle épreuve.

HUMPHREY (Published)

307 — Coronation of his most gracious Majesty King George
the fourth... An exact representation of the procession
from Westminster hall to the Abbey, showing the
appearance of the surrounding Buildings, etc., on the
19th, of July 1821. Grande pièce en forme de frise, coloriée.

INCROYABLES (Pièces sur les)

308 — C'est inconcevable, tu n'est pas reconnaissable, —
Les Croyables au Pérou, — La Folie du jour. Trois pièces,
réductions in-8. Belles épreuves, marges.

309 — L'Anglomane, — L'Inconvénient des perruques. Deux
pièces gravées par Darcis, d'après Vernet. Belles épreuves.

310 — Le Riche du jour ou le prêteur sur gages, — Pauvre
rentier ruiné, — L'Exclusif, — Aristide et Brise-Scellé
revenant de travailler la marchandise. Quatre pièces.
Belles épreuves.

311 — Les Croyables au Pérou, — Point de Convention, —
La Folie du jour. Trois pièces gravées par Tresca Belles
épreuves.

312 — Faites la paix, — Les Incroyables, — La Pièce curieuse,
— Les Merveilleuses. Quatre pièces gravées par Darcis et
Levilly. Belles épreuves.

INCROYABLES

313 — Les Merveilleuses, — Les Incroyables. Deux pièces gravées par Darcis, d'après Vernet, en couleur. Très belles épreuves.

314 — Les Croyables au Pérou, — Point de Convention, — La Folie du jour, — Faites la paix. Quatre pièces, gravées par Tresca et Levilly, en couleur. Belles épreuves.

INGOUF

315 — Le Joueur de violon, d'après Gérard Dow. Très belle épreuve avant la lettre.

INGRES (d'après)

316 — M. *Bertin*, par Henriquel-Dupont. Épreuve d'artiste signée du graveur, sur chine.

317 — Le comte de *Bombelle*, — *A. Leclerc*, — *Paganini*, — *Bertholini*. Quatre portraits, gravés par Fournier, Girard, Calamatta et Potrelle. Belles épreuves.

318 — *Cherubini*, lithographie par Sudre. Épreuve sur chine.

319 — M. et Mme *Gatteaux*, — E. Gatteaux. Trois portraits, gravés par Dien. Belles épreuves.

320 — *Ingres*, par Calamatta. Belle épreuve.

321 — Le Docteur Martinet, — M. Martin. Deux portraits par Calamatta. Belles épreuves.

322 — S. A. R. Mgr le duc *d'Orléans*, deux portraits différents, — le comte *Molé*. Trois portraits gravés par Calamatta Très belles épreuves, dont une avant toutes lettres.

IODE (P. DE)

323 — *Cantecroij* (Béatrix-Constance, princesse de), d'après Van Dyck. Épreuve avec l'adresse de Meyssens.

ISABEY (J.)

324 — Caricatures. Suite de douze pièces coloriées. Très belles épreuves. Rares.

ISABEY (d'après)

325 — Grand habit de S. M. l'empereur Napoléon le jour du
couronnement, — Grand habit de S. M. l'impératrice
Joséphine le jour du couronnement. Deux pièces faisant
pendants, gravées par Pauquet. Très belles épreuves en
couleur.

326 — Portrait d'une jeune femme en buste, lithographié par
Schmit en 1821, in-4. Épreuve avant la lettre.

327 — Le Départ, — le Retour. Deux pièces en couleur faisant
pendants, gravées par Mansold. Belles épreuves.

328 — Bonaparte à la Malmaison, par Lingée et Godefroy.
Belle épreuve.

JACQUE (Ch.)

329 — Eaux-fortes par Ch. Jacque. Cent huit pièces, en partie
sur chine.

JACQUEMART (J.)

330 — Défilé des populations lorraines devant S. M. l'Impératrice à Nancy, d'après Meissonier. Très belle épreuve.

JANINET (F.)

331 — Le Culte systématique, — Bacchus préside à la fête.
Deux pièces faisant pendants, gravées en couleur, d'après
Carême. Très belles épreuves.

332 — Les mêmes estampes. Belles épreuves.

333 — Les trois Grâces, d'après Perregrini, en couleur. Bonne
épreuve.

334 — La même estampe en couleur. Superbe épreuve, sans
marge.

335 — Vue du Champ-de-Mars, à l'instant où le roi, les
députés à l'Assemblée nationale et les fédérés réunis y
prononcent le serment civique, le 14 juillet 1790, d'après
Meunier, en couleur. Belle épreuve.

336 — Premières Ruines romaines, — Deuxièmes Ruines romaines. Deux pièces en couleur, d'après Pernet. Belles
épreuves.

JANINET (F.)

337 — Mlle *Contat*, rôle de Suzanne du *Mariage de Figaro*, d'après Dutertre, in-4, en couleur. Belle épreuve.

338 — Mme *Dugazon*, rôle de Nina, d'après Dutertre, in-8, en couleur. Belle épreuve.

339 — *Franklin* (Benjamin). In-fol. en couleur. Très belle épreuve avant la lettre.

340 — *Henri IV*, roi de France, d'après Porbus. In-fol., en couleur. Très belle épreuve.

JAZET

341 — La Promenade du Jardin turc, d'après J. J. D. B., en couleur. Belle épreuve.

342 — Le Sacre de l'Empereur, d'après David. Très belle épreuve avant la lettre.

343 — Promenade en traîneau à Krasnoë-Selo, d'après Sauerweid, en couleur. Très belle épreuve avant toutes lettres.

344 — La Demande en mariage, — Célébration du mariage, — Le retour de l'église, — Le Repas de noce, — Tirage au sort pour la conscription. Cinq pièces, gravées en couleur, d'après Leconte. Très belles épreuves.

345 — Les Saisons. Suite de quatre pièces, d'après Martinet, en couleur. Belles épreuves.

346 — Militaires russes au bivouac, d'après Sauerweid, en couleur. Belle épreuve, marge.

JEAURAT (d'après ÉT.)

347 — Le Transport des filles de joie à l'hôpital, par C. le Vasseur. Belle épreuve.

JONES (J.)

348 — *Pitt* (William). In-fol., en manière noire. Très belle épreuve.

KAUFFMAN (d'après A.)

349 — The Growing desire, — Le Sommeil. Deux pièces en couleur de forme ovale. Belles épreuves.

KEATING (G.)

350 — Louis XVI et Marie-Antoinette dans leur prison. Deux pièces d'après Singleton et la marquise de Brehan. Très belles épreuves, marges.

KOCH

351 — Serment fait le 21 germinal an IV, par quinze cents républicains attaqués par une armée, de deffendre la redoute importante de Montenesimo, ils remplissent leur serment et la victoire la plus complète fut remportée par l'armée française. Grande pièce en couleur.

LANÇON et SWAGERS (d'après)

352 — Le Bœuf à la mode. Deux compositions différentes, gravées par Ruotte et Leclerc. Belles épreuves, en couleur.

LANCRET (d'après N.)

353 — Le Matin, — Le Midi, — La Soirée. Trois pièces, par N. De Larmessin. Belles épreuves.

354 — Le Jeu des quatre coins, par De Larmessin. Belle épreuve.

355 — *Quand vous voulez toucher quelque cœur amoureux...*, — *Près de vous belle Iris ce fantasque minois...* Deux pièces gravées par M. Horthemels. Belles épreuves, marges.

356 — Les Saisons, suite de quatre pièces, gravées par B. Audran, Le Bas, Scotin et Tardieu. Très belles épreuves.

357 — Le Faucon, par De Larmessin. Belle épreuve avant l'adresse de Buldet.

358 — A femme avare, galant escroc, par De Larmessin. Très belle épreuve, marge.

359 — Le fleuve Scamandre, par De Larmessin. Très belle épreuve, marge.

LANCRET (d'après N.)

360 — Les Oyes de frère Philippe, par De Larmessin. Belle épreuve avant l'adresse de Buldet.

361 — La Servante justifiée, par De Larmessin. Très belle épreuve avant l'adresse de Buldet, marge.

362 — Les Troqueurs, par De Larmessin. Belle épreuve avant l'adresse de Buldet.

LAVREINCE (d'après N.)

363 — L'Assemblée au concert, — L'Assemblée au salon. Deux pièces faisant pendants, gravées par F. Dequevauviller. Très belles épreuves.

364 — La Comparaison, par Janinet, en couleur. Très belle épreuve.

365 — Les deux cages ou la plus heureuse, par de Brea. Très belle épreuve.

LECLERC (Sébastien)

366 — Veues de plusieurs petis endrois des fauxbourgs de Paris. Suite de douze pièces. Belles épreuves.

LE BEAU

367 — *Louis XV*, roy de France, — Louis-Stanislas-Xavier de France. Deux portraits in-4. Belles épreuves avant les numéros.

LELEU

368 — Napoléon se rendant à Notre-Dame pour son sacre. Épreuve avant la lettre.

LE MIRE et BOIZOT

369 — *Louis XVI*, roi de France. Deux portraits différents. In-4. Belles épreuves.

LEVACHEZ

370 — Napoléon Bonaparte, en pied, d'après Robert Lefèvre. In-fol., en couleur.

3

LEVACHEZ

371 — Napoléon suivi de son état-major, d'après Vernet. Très grande pièce in-fol., en couleur. Superbe épreuve avant toutes lettres.

372 — Entrée des puissances alliées dans Paris, par la porte Saint-Martin, le 31 mars 1814, d'après Pecheux. Belle épreuve.

LE VACHEZ (A Paris, chez)

373 — Vue du Palais-Royal, prise du côté du méridien. In-4, en largeur. Très belle épreuve imprimée en bistre, marge.

LIOTARD (J.-E.)

374 — Une Dame franque de Pera, à Constantinople, recevant visite. Belle épreuve.

MALBESTE

375 — Costumes des peuples d'Orient, d'après Saint-Sauveur, en couleur.

MALLET (d'après)

376 — Les Amours à la maison, — Les Anges à l'Église. Deux pièces, en couleur, gravées par Prot.

377 — Chit, chit!... — Par ici!... Deux pièces faisant pendants, gravées par Copia. Très belles épreuves, marges.

378 — La Nouvelle intéressante, par Mixelle, en couleur. Très belle épreuve.

MANSFELD (A.)

379 — Tableau général de la cavalerie autrichienne, — Tableau général de l'infanterie autrichienne. Deux pièces, en couleur, faisant pendants, d'après Kobell. Très belles épreuves. Rares.

MARCHAND (Chez J.)

380 — Salle à manger d'un auteur, — Salle à manger d'un fournisseur. Deux sujets, en couleur, imprimés sur une même feuille.

MARIN (L.)

381 — Seconde musique, en couleur. Belle épreuve.

382 — The Pleasures of Education, en couleur. Très belle épreuve.

383 — Les Revers de la fortune, — The Welcome Necos. Deux pièces en couleur. Belles épreuves.

MARTIN (J.-B.)

384 — Collection de figures théâtrales, inventées et gravées par Martin, cy devant dessinateur des habillements de l'Opéra. Onze pièces, dont un titre.

MARTINI (P.-A.)

385 — The Exhibition of the Royal Academy, 1787, — Portraits of their Majesty's and the Royal family Viewing the Exhibition of the Royal Academy, 1788. Deux pièces, faisant pendants, d'après Ramberg. Superbes épreuves avec le trait explicatif, marges.

MARTINI et LEBAS

386 — Première et seconde vues de l'Isle Barbe, à Lyon, d'après Olivié. Deux pièces, faisant pendants. Très belles épreuves, grandes marges.

MATHAM (J.)

387 — Les divinités qui président aux sept planètes, représentées debout, dans des formes ovales, environnées de cartouches, d'après Goltzius. Belles épreuves.

MECHEL (C. de)

388 — Arrivée sur le territoire de Basle de la princesse Marie-Thérèse Charlotte, fille de Louis XVI, le soir du 26 décembre 1795. Très belle épreuve, marge.

389 — Tableaux des événements les plus mémorables de la guerre actuelle des Autrichiens et des Russes contre les Turcs et des places Turques qui en ont été le théâtre, dans une suite d'Estampes, gravées et enluminées avec le plus grand soin, d'après des desseins originaux faits sur les lieux. A Bâle, chez Chrétien de Méchel..., 1789. Huit pièces, dont un titre.

MEISSONNIER

390 — Polichinelle, debout. Belle épreuve.

391 — Les Petits reitres. Épreuve sur chine.

MILCENT

392 — Veue de Paris, dessinée du clocher de l'Église de Chaillot, — Veue de Paris, du côté de Belleville, dessinée de la maison entre les deux moulins, au dessus de la Courtille, en 1736, — Veue de Paris, dessinée du salon du pavillon de S. A. S. Madame la duchesse du Maine, à la pointe de l'Arcenal, — Veue de Paris, dessinée de la grande terrasse du chateau de Meudon. 4 pièces.

MIXELLE

393 — La Pudeur alarmée, en couleur. Belle épreuve.

394 — Vue de l'ancienne porte de la conférence, d'après J.-B. Huet. In-4, en couleur. Belle épreuve.

MOND'HARE (A Paris, chez)

395 — *Bertinazzi* (Carlin). In-4, en couleur. Belle épreuve.

MONGIN et GARBIZZA

396 — Vue de l'entrée du grand Trianon, — Vue du palais et d'une partie du jardin du Luxembourg, — Vue de Paris, prise de l'entrée des Champs-Élysées. Trois pièces coloriées.

MONSALDY

397 — *Dugazon* (Mme), d'après Isabey, en couleur. Très belle épreuve, toutes marges.

398 — *Marie-Louise*, d'après Isabey. In-4, en couleur. Très belle épreuve.

MOREAU (J.-M.)

399 — Serment de Louis XVI à son sacre. Bonne épreuve.

MOREAU (d'après J.-M.)

400 — Le pari gagné, par Camligue, — La rencontre au bois de Boulogne, par Guttenberg, — Les délices de la maternité, par Hellmann, — Oui ou non, par Thomas. Quatre pièces.

MOREAU (d'après J.-M.)

401 — Le matin, gravure in-4., d'après une vignette de Moreau pour les chansons de La Borde.

402 — Vignettes in-4. pour illustrer les œuvres de Rousseau, édition de 1774. Vingt pièces.

403 — Sous ce numéro il sera vendu un portefeuille de vignettes pour illustrer les œuvres de Voltaire, Gessner, Histoire de France, Nouveau Testament, etc.

MORLAND (d'après G.)

404 — Saint-James' Park, — A Tea Garden. Deux pièces en couleur faisant pendants, gravées par Soiron. Très belles épreuves.

405 — Prepanning a recrut, — Deserter taking leave of his Wife. Deux pièces en couleur, gravées par Keating. Très belles épreuves.

406 — The Anglers repast, — A party Angling. Deux pièces faisants pendants, gravées par Ward et G. Keating. Superbes épreuves, grandes marges.

407 — A visit to the child at nurse, — A visit to the boarding School. Deux pièces faisant pendants, gravées par W. Ward. La première est avant la lettre (lettres tracées). Superbes épreuves.

408 — The Effects of Youthful extravagance and Idleness, — The fruits of early industry and Œconomy. Deux pièces faisant pendants, gravées par Ward. Très belles épreuves.

409 — La porte de l'auberge. Grande pièce en hauteur sans titre. Belle épreuve.

410 — The Squire Door, par Duterrau. Très belle épreuve.

411 — The Letter Woman, par Dawe. Belle épreuve.

412 — Histoire de Lætitia, suite de six pièces, gravées par Bartolotti. Belles épreuves.

413 — Constancy, — Variety. Deux pièces en couleur faisant pendants, gravées par Bartolotti. Belles épreuves.

MORLAND (d'après G.)

414 — Contemplation. Pièce in-4. ovale. Belle épreuve.

415 — Evening, par S. Alkin, en couleur. Belle épreuve.

416 — Variety. Petite pièce in-8, de forme ronde, en couleur. Très belle épreuve.

417 — Jeune femme assise dans un intérieur, gravé en couleur, par Dumée. Belle épreuve.

MORLAND et RUSSEL (d'après)

418 — Children feeding Goats, — Rural employment. Deux pièces en couleur faisant pendants, gravées par Tomkins et Bartolozzi. Très belles épreuves.

MORRET (J.-B.)

419 — Caffée des patriotes, d'après Swebach des fontaines, en couleur. Belle épreuve.

NANTEUIL (R.)

420 — *La Meilleraye* (Charles de la Porte, duc de), Maréchal de France (R. D., 118). Belle épreuve.

421 — *Lionne*(J.-P. de), abbé de Marmoutier, etc. (R. D. 147), Belle épreuve du premier état.

422 — Mazarin dans sa galerie (R. D. 185). Belle épreuve.

NATTES (d'après J.-C.)

423 — Vues de Paris gravées pae Hill. Onze pièces.

NAUDET (A Paris, chez)

424 — La désolation des filles de joie, — Le vice forcé dans ses retranchemens. Deux pièces faisant pendants. Très belles épreuves, marges.

OGBORNE (J.)

425 — Children at their Mother's, gravé d'après sir Francis Bourgeois. Très belle épreuve.

PARVILLÉE (Chez)

426 — Le cabaret de Ramponaux; en bas son portrait. Très belle épreuve, marge.

PATERSON (B). **1806**

427 — Vues de Saint-Pétersbourg. Neuf pièces en couleur. Très belles épreuves.

PETERS (d'après W.)

428 — Un ange portant l'âme d'un enfant dans le Paradis, gravé en couleur par W. Dickinson. Très belle épreuve.

429 — The Gamesters, par Ward. Belle épreuve.

PFEIFFER (C.)

430 — Diana Countess *Langerone*, et Albertina, Marchioness *Baleroi*, Daughters of the Marquis la Vaupalière. représentées dans un même médaillon Très belle épreuve.

431 — Lichnowski (Christiane, Princesse), d'après J. Grassi. In-4. Belle épreuve.

432 — *Marie Thérèse*, Archiduchesse d'Autriche, infante des deux Siciles, d'après Kreuzinger. Très belle épreuve.

PLAYTER (C.-G.)

433 — *Cosway* (Maria). In4. Belle épreuve.

POILLY (F.)

434 — *Fouquet* (Nicolas), d'après Le Brun. In-fol. Belle épreuve.

POLLARD

435 — His Majesty reviewing his troops on black Heath, d'après W. Mason. Très belle épreuve.

POLLARD (d'après)

436 — His Majesty King Geo. III returning from Hunting, — His Majesty King George IV, travelling. Deux pièces en couleur gravées par Dubourg. Belles épreuves.

PORPORATI

437 — Le Coucher, d'après Vanloo. Epreuves sans lettres.

PRUD'HON (d'après P.-P.)

438 — Le Cruel rit des pleurs qu'il fait verser, — L'Amour réduit à la raison, — La Vengeance de Cérès. Trois pièces gravées par Copia. Belles épreuves.

439 — Les Arts, — La Navigation, — Le Désir, — Age mûr, Cérès. cinq pièces gravées par Prud'hon fils et Roger.

PUGIN et ROWLANDSON (d'après)

440 — A Bird's Eye View of covent garden Market, taken from the Hummums. Gravé par Bluck, en couleur.

QUEVERDO et TEXIER (d'après)

441 — Buonaparte général en chef de l'armée d'Italie, — Buonaparte, général en chef de l'armée d'Italie et Ch. Louis, archiduc d'Autriche. Deux pièces médaillons faisant pendants, gravées par Benoist. Belles épreuves, en couleur.

RAFFET

442 — La grande revue, — Combat d'Oued-Alleg, 31 décembre 1839. Deux pièces. Epreuves sur chine.

443 — Le colonel du 17ᵉ léger, 13 septembre 1841, — Le Drapeau du 17ᵉ léger, 13 septembre 1841. Deux pièces. Belles épreuves sur chine.

444 — S. A. R. Mᵍʳ le duc d'Aumale, 1843. Belle épreuve sur chine.

445 — *Napoléon* (Affiche pour l'histoire de), par M. de Norvins (121ʳʳ). Epreuve de premier tirage.

446 — Retraite de Constantine. Suite de six pièces et un titre. Epreuves coloriées.

447 — Prise et retraite de Constantine, — Siège de Rome, — Siège d'Anvers, etc. Quarante-quatre pièces en noir et coloriées.

448 — Souvenirs d'Italie, Expédition de Rome. Trente-six pièces. Epreuve sur chine.

449 — Le même ouvrage, épreuves coloriées.

RAFFET

450 — Sous ce numéro il sera vendu un portefeuille contenant deux cent pièces costumes militaires, pièces tirées d'albums, etc., et un portefeuille contenant deux cent quatre-vingts vignettes, par et d'après Raffet, pour illustration de livres.

RAFFET, VERNET, AUBRY, etc.

451 — Les Diligences de France. Douze pièces, coloriées.

RAMBERG (J.-H.)

452 — Les Joueurs. Deux scènes différentes faisant pendants. Belles épreuves.

453 — Repos de bohémiens, 1799. Grande pièce coloriée.
454 — El fandango. Grande pièce coloriée.

455 — Siegfried von Lindenberg. III⁰ acte, II⁰ scène, en couleur. Belle épreuve.

456 — Le Marchand d'esclaves. Pièce coloriée.

REGNAULT (N.-F.)

457 — Le Matin, — Le Soir, — La Nuit. Trois pièces. Très belles épreuves.

REGNAULT (d'après)

458 — Danaë, — Io. Deux pièces en couleur faisant pendants, gravées par Chaponnier. Belles épreuves.

REINBOLD (d'après F.-Ph.)

459 — Grande fête militaire donnée par ordre de S. M. l'Empereur d'Autriche à ses troupes à Vienne, au Prater, à l'occasion de l'anniversaire de la victoire de Leipzig, le 18 octobre 1814, honorée par l'auguste présence des souverains alliés. — Représentation de la grande course de traîneaux qui a eu lieu par ordre S. M. Impériale et Royale apostolique le 22 janvier 1815 pendant le séjour des souverains alliés à Vienne. Deux pièces en couleur faisant pendants. Très belles épreuves.

REYNOLDS (d'après sir J.)

460 — Infancy, — Contemplation. Deux pièces gravées par Thew et W. Birch. Belles épreuves.

461 — Venus, par J. Collyer. Très belle épreuve.

462 — Lord Grantham. Honorable Frederick Robinson. Honorable Philip Robinson, par Bartolozzi. Belle épreuve.

RICHTER (H.)

463 — The Mayor of Garratt. Jerry sneak discovering. Mayor Sturgeon with his wife. Très belle épreuve, marge.

ROBERT (d'après H.)

464 — Monuments de Paris, par Carey. Belle épreuve.

ROGER

465 — La Bergère des Alpes, d'après Valin, en couleur. Belle épreuve.

ROUSSEAUX (E.)

466 - *Sérigné* (Marie de Rabutin-Chantal, marquise de), d'après Nanteuil. Publié par la Société de gravure. Epreuve sur chine.

ROWLANDSON (d'après)

467 — M^r. H. Angelo's fencing academy, gravé par Rosenberg, en couleur. Très belle épreuve. Rare.

468 — Love et Learning or the Oxford scholar, par B. Smith, en couleur.

469 — The contemplative charmer. — The musical charmer. Deux pièces en couleur faisant pendants. Belles épreuves.

SAENREDAM (J.)

470 — Les divinités des sept planètes et les occupations des hommes, auxquelles elles président. Suite de sept estampes d'après Goltzius (B., 73-79). Belles épreuves.

471 — Les quatre parties du jour, d'après Goltzius. Suite de quatre estampes (B., 91-94). Belles épreuves.

SAINT-AUBIN (G. de)

472 — Vignette pour un livre sur la conquête de l'Amérique (P. de B., 39). Belle épreuve.

SAINT-AUBIN (Aug. de)

473 — Renouard (M. et Mme) et leurs enfants, représentés sur une même feuille. In.-8. Bonne épreuve.

474 — Le Baiser envoyé, d'après J.-B. Greuze. Rare épreuve à l'état d'eau-forte.

SAINT-AUBIN (d'après Aug. de)

475 — La Promenade des remparts de Paris. Belle épreuve de la copie.

476 — L'hommage réciproque, par Gautier. Belle épreuve.

477 — La Jardinière, — La Savoneuse. Deux pièces gravées en couleur par Julien et Moret. Très belles épreuves.

478 — L'Heureux ménage, — La Tendresse maternelle, — La Sollicitude maternelle, — L'Heureuse mère. Suite de quatre pièces, gravées en couleur par Sergent, Gauthier et Phelipaux. Belles épreuves.

SANDOZ (d'après)

479 — Portraits pour illustration des classiques publiées chez Hachette. Cinq pièces.

SAVART (P.)

480 — D'Alembert, d'après Mlle Lusurier, — Le cardinal de Bernis, d'après Callet, — Buffon (le comte de), d'après Drouais, — Montesquieu. Quatre portraits in-8. Belles épreuves.

481 — Racine (J.), d'après Santerre. Epreuve du premier état.

SAY (W.)

482 — To the kings Excellent Majesty, this print of the prince of Wales's loyal volunteers preparing for the grand review by his Majesty, october 28th. 1803, d'après W. Sharp. Très belle épreuve.

SERGENT

483 — *Marceau* (le général), représenté en pied, en couleur. Très belle épreuve, sans marge.

484 — Le même portrait. Très belle épreuve également sans marge.

485 — *Necker*, d'après Duplessis. In-4, en couleur. Belle épreuve.

SCHALL (d'après)

486 — L'Amant surpris, — Les Espiègles. Deux pièces faisant pendants, gravées en couleur par Descourtis. Superbes épreuves.

487 — Le Bouquet impromptu, par A. Legrand, en couleur.

488 — Le Premier baiser de l'amour. — Le Rocher de Meillerie, — L'Elysée, — Le Premier mouvement de la nature. Quatre pièces en couleur, gravées par Legrand. Belles épreuves.

489 — Histoire de Paul et Virginie. Suite de six pièces gravées en couleur par Descourtis. Très belles épreuves.

490 — Le Portrait chéri, en couleur. Belle épreuve.

SCHENKER

491 — Fanchon la vielleuse, d'après De la Place. Belle épreuve.

SCHIAVONETTI (L.)

492 — The memorable Address of Lewis the sixtenth at the bar of the national Convention, — La Dernière entrevue de Louis XVI avec sa famille. Deux pièces en couleur. Belles épreuves.

SCHMIDT (G.-F.)

493 — Le Portrait d'un jeune seigneur, d'après Rembrandt (124), — Le Buste d'un homme de moyen âge, d'après G. Flinck (125). Deux pièces. Très belles épreuves.

494 — Le Prince de Gueldre menaçant son père emprisonné. d'après Rembrandt (137), — Le Prince d'Orange, Guillaume second, à qui Cats explique un trait de l'histoire de ses ancêtres, d'après Flinck (152). Deux pièces. Belles épreuves.

SCHMIDT (G.-F.)

495 — La Résurrection de la fille de Jaïre (165), — Le vieux Tobie raillé par sa femme (177). Deux pièces d'après Rembrandt. Belles épreuves.

496 — La Juive fiancée, — Le Père de la fiancée réglant sa dot. Deux pièces d'après Rembrandt. Belles épreuves.

497 — *Clairon* (Mademoiselle), d'après Cochin. In-4. Belle épreuve.

SICARDI (d'après)

498 — Oh ! quelle douleur, — Ah ! quel plaisir, — Oh ! che boccone, — Oh ! che gusto, — Mirate che bei visino, etc. Six pièces gravées par Copia, Mecou et Burke. Belles épreuves, dont une avant la lettre.

SINGLETON (d'après H.)

499 — British Plenty, par C. Knight, en couleur. Très belle épreuve.

500 — Le Départ au marché, — Le Retour du marché. — Le Rustique amoureux. Trois pièces en couleur gravées par Levilly et Gautier. Belles épreuves.

501 — Earl *Howe*. Gravé en couleur par S. W. Reynolds. Très belle épreuve.

502 — The death of Major Pierson, par Kessler. Très belle épreuve, marge.

503 — War. Gravé en couleur par J. Whessel. Belle épreuve.

SMIRKE (d'après Rob.)

504 — Conjugal affection, par Rob. Thew, en couleur. Superbe épreuve, marge.

SMITH (J.-R.)

505 — Wood-Nymphe, d'après Woodford. Belle épreuve.

506 — The Soldiers farewell on the Eve of a battle. Belle épreuve.

SMITH (d'après J.-R.)

507 — *Caroline*, reine d'Angleterre. Gravé par Senus. In-fol. Très belle épreuve, marge.

508 — The Moralist, par W. Nutter, en couleur. Très belle épreuve.

SMITH et NORTHCOTE (d'après)

509 — A Visit to the Grandfather, — A Visit to the Grandmother. Deux pièces faisant pendants, gravées par Ward et Smith. Superbes épreuves avant la lettre, lettres tracées.

STODBARD (d'après)

510 — Jeune homme surprenant une jeune femme assise sur un banc dans un jardin. Gravé par Nutter, en couleur. Très belle épreuve.

STRANGE (R.)

511 — Vénus, — Danaë. Deux pièces faisant pendants, d'après Titien. Très belles épreuves.

STUMP (S.-J.)

512 — Miss *Mellon*. In-fol., en couleur. Très belle épreuve.

SUEUR (L.)

513 — Vue d'une laiterie près le Gros-Caillou, d'après M.lle de Cossé, en couleur. Belle épreuve, marge.

TARDIEU (Al.)

514 — La reine Louise de Prusse, d'après Mme Lebrun. In-4. Belle épreuve, marge.

TASSAERT et HARRIET

515 — La nuit du 9 au 10 thermidor an II, — le 31 mai 1793. Deux pièces en couleur. Très belles épreuves, une est double. Trois pièces.

TAUNAY (d'après)

516 — Noce de village, par Descourtis, en couleur. Très belle épreuve, avec les armes.

TAUNAY (d'après)

517 — Foire de village, par Descourtis, en couleur. Très belle épreuve.

518 — La Rixe, par Descourtis, en couleur. Très belle épreuve.

519 — Le Tambourin, par Descourtis, en couleur. Belle épreuve.

520 — Le Départ de l'Enfant prodigue, — l'Enfant prodigue en débauche. Deux pièces en couleur, gravées par Descourtis. Très belles épreuves.

TESTARD (d'après)

521 — Petites vues des principaux monuments de Paris, in-8, en couleur, gravées par Le Campion et Guyot. Vingt-trois pièces.

THOMSON (d'après H.)

522 — Crossing the Brook, en couleur. Gravé par W. Say. Belle épreuve.

TOMKINS (W.)

523 — Portrait de la princesse de Wurtemberg. In-8. Très belle épreuve.

VANLOO (d'après)

524 — Le Couché à l'italienne. Belle épreuve.

VANGORP (d'après)

525 — Le Déjeuner de Fanfan, — Ah! qu'il est joli. Deux pièces faisant pendants, gravées en couleur par Malles. Très belles épreuves.

526 — Les Soins maternels. — la Lecture interrompue. Deux sujets gravés en couleur par Guyot et imprimés sur une même feuille. Très belle épreuve.

VERNET (d'après J.)

527 — Les Ports de France. Suite de quinze pièces gravées par Cochin et Le Bas. Très belles épreuves, grandes marges.

VERNET (C.)

528 — Les Chasses du duc de Berry. Suite de quatre pièces. Très belles épreuves, toutes marges.

VERNET (d'après C.)

529 — Oh! c'est bien ça, par Levachez. Belle épreuve.

530 — La même estampe, le titre changé et remplacé par : Costumes modernes français et anglais. En couleur.

531 — La Brodeuse, — la Vielleuse, — la Boudeuse. Trois pièces en couleur, gravées par Schenker. Très belles épreuves.

532 — Fête du poète Virgile à Mantoue, par Malbeste. Épreuve avant la lettre.

533 — Le Départ du chasseur, — Le Chasseur au tirer. Deux pièces, gravées par Debucourt. Très belles épreuves.

534 — La Sortie de l'écurie, — L'Entrée à l'écurie. Deux pièces, gravées par Jazet. Très belles épreuves.

535 — La Chasse au cerf. Deux pièces en couleur faisant pendants, gravées par Levachez. Très belles épreuves.

536 — La Course n° 3, par Debucourt. Belle épreuve.

537 — Cheval pansé à l'anglaise, — Le Marchand de chevaux. Deux pièces gravées par Coqueret. Belles épreuves.

VERNET (H.)

538 — Sous ce numéro il sera vendu un portefeuille contenant deux cent vingt pièces de l'œuvre lithographié de ce maître et diverses pièces d'après lui.

VERNET (d'après H.)

539 — Incroyables et Merveilleuses. — Costumes militaires, etc. Douze pièces en couleur, gravées par Gatine.

540 — Histoire de Louis XIV et de Mme de Lavallière. Sept pièces, gravées en couleur par Legrand, Levachez, Chaponnier, etc. Belles épreuves.

VERNET (d'après H.)

541 — Prise de la S'mala d'Abd-El-Kader, par S. A. R. Mgr le duc d'Aumale, gravé par Burdet. Belle épreuve avec le trait explicatif.

VOLPATO (J.)

542 — Les Voutes, suite de huit estampes d'après Raphael. Très belles épreuves.

WARD (d'après W.)

543 — Louîsa, par Bartolonii. In-fol. en couleur. Belle épreuve.

WATSON (J.)

544 — Rubens and family, d'après Jordaens. Très belle épreuve.

545 — The musical Lady, d'après Metzu. In-fol. en manière noire. Très belle épreuve.

WATTEAU (Ant.)

546 — Figures de modes, dessinées et gravées à l'eau-forte par Watteau et terminées au burin par Thomassin le fils. Suite de huit pièces. Belles épreuves.

WATTEAU (d'après Ant.)

547 — L'Accord parfait, par Baron. Très belle épreuve.

548 — *Coquettes qui pour voir galans au rendez-vous. —... Du bel âge où les jeux remplissent vos désirs...* Deux pièces gravées par J. Moyreau et Thomassin. Belles épreuves.

549 — Les Délassements de la guerre, — Les Fatigues de la guerre, — Veue de Vincennes. Trois pièces gravées par Scotin, Crepy et Boucher.

550 — Fêtes vénitiennes, par L. Cars. Belle épreuve.

551 — L'Isle de Cithère, par P. Mercier. Très belle épreuve.

552 — Partie de plaisirs, par P. Mercier. Belle épreuve.

553 — Mezetin, par B. Audran. Très belle épreuve, marge.

554 — Le Passe-Temps, par B. Audran. Très belle épreuve.

4

WATTEAU (d'après Ant.)

555 — Pomone, par Boucher, — Le plaisir pastoral, par Caylus. Deux pièces. Belles épreuves.

556 — *Pour nous prouver que cette belle...*, — *Arlequin, Pierrot et Scapin...* Deux pièces faisant pendants, gravées par L. Surugue. Belles épreuves.

557 — Le porte-drapeau, gravé à la sanguine par Demarteau. Belle épreuve.

558 — Le Rendez-vous, par B. Audran. Très belle épreuve, grande marge.

559 — La Sérénade italienne, par G. Scotin. Très belle épreuve.

560 — La Troupe italienne, par Boucher. Très belle épreuve.

561 — *Voulez-vous triompher des Belles...* , par Thomassin. Très belle épreuve.

562 — Sous ce numéro il sera vendu un portefeuille d'estampes, d'après Watteau. Costumes, figures de différents caractères, arabesques, etc., etc.

563 — Paravent, de six feuilles, gravé par L. Crépy. Belles épreuves.

WESTALL (d'après R.)

564 — English Peasants, — Irish Peasants. Deux pièces faisant pendants, gravées par Bertignoni. Belles épreuves, marges.

565 — An old Shepherd in a Storm, — Vénus et les amours, — Petite blanchisseuse, — Jeune villageois. Quatre pièces.

566 — Surprise, par Knight. Belle épreuve.

567 — Venus and her Doves, par Scriven. Très belle épreuve, marge.

WHEATLEY (d'après F.)

568 — La lettre d'amour, gravé en couleur par B. Stanier. Très belle épreuve.

WHEATLEY (d'après F.)

569 — The riot in broad Street, on the seventh of June 1780, gravé par Heath. Belle épreuve, marge.

570 — The Departure from Brighton, — The Encampment at Brighton. Deux pièces faisant pendants. gravées par Murphy. Superbes épreuves, marges.

WILLE (d'après P.-A.)

571 — L'Essai du corset, par Dennel. Belle épreuve.

572 — Le Dentiste ambulant, — Le Marchand de chansons, — La Marchande de bouquets. — Le Marchand de Ptisane. Quatre pièces, gravées en couleur par Berthault. Bonnes épreuves.

WOOLLETT (W.)

573 — The Battle at la Hogue, d'après B. West. Belle épreuve.

WRIGHT (d'après J.)

574 — A. Philosopher Shewing an experiment on the air pump, — A. Philosopher Giving a Lecture on the orrery. Deux pièces faisant pendants, gravées par Pether et Green. Très belle épreuve.

LIVRES ET GRAVURES

PUBLIÉS PAR SUITES

575 — *Bargue (Ch.)*. Cours de dessin par Ch. Bargue, avec le concours de J.-L. Gérome, membre de l'Institut, professeur à l'école des Beaux-Arts de Paris. Paris, Goupil et Cⁱᵉ. 1ʳᵉ et 2ᵉ parties, en portefeuilles.

576 — *Burty (Ch.)*. Eaux-fortes de Jules de Goncourt, notice et catalogue de Philippe Burty. Paris, 1876. In-fol., en portefeuilles.

577 — *Cruikshank*. Phrenological illustrations, or An Artist's view of the Craniological System of doctors Gall and Spurzheim, by George Cruikshank. London, 1830. In-fol. obl., en feuilles.

578 — *Delacroix.* Faust, tragédie de M. de Gœthe, traduite en
français par M. Albert Stapper, orné d'un portrait de
l'auteur, et de dix-sept dessins composés d'après les
principales scènes de l'ouvrage et exécutés sur pierre par
M. Eugène Delacroix. A Paris, chez Ch. Motte, 1828. In-
fol., broché.

579 — Illustrations pour le Faust de Gœthe. 17 pièces, un
portrait et la couverture. In-fol. en feuilles. Épreuves
sur chine, de premier tirage, avec l'adresse de Ch.
Motte.

580 — Seize sujets, dessinés et lithographiés par Eugène
Delacroix, pour Hamlet. In-fol. sans texte.

581 — Tableau de Paris, ou costumes, habitudes et usages des
habitants de cette capitale, dessinés d'après nature en
1827, par F. Delarue. Vingt et une pièces.

582 — *Deveria.* Contes de Lafontaine par A. Deveria. Trente-
deux pièces dans la couverture de publication. Quelques
pièces sont doubles.

583 — Le Nouveau langage des fleurs. Collection de têtes d'ex-
pression, dessinées par A. Deveria. Quatorze pièces dans
la couverture de publication.

584 — Album lithographié par Deveria, 1833. Douze pièces
dans la couverture de publication.

585 — *Duplessis-Bertaux.* Recueil de différents sujets gravés
à l'eau-forte, par J. Duplessis-Bertaux. Paris, chez l'auteur. In-4. obl., en feuilles. Quatre-ving-douze pièces.

586 — *Fielding.* Animals drawn on stone by Newton fielding
1829. Vingt-cinq pièces avec une couverture de publication.

587 — *Gwyn.* A Treatise on the utility and advantages ot
fencing; giving the opinions of the most eminent authors
and medical practitioners on the important advantages
derived from a Knowbedge of the art, as a means of self-
defence, and promoter of health, illustrated by forty
seven engravingos..... London 1817. In-fol obl.

588 — *Gomboust*. Plan de Paris dressé géométriquement en 1649 et publié en 1652, par Jacques Gomboust, avec le texte, les vues et les ornements qui accompagnent quelques exemplaires, augmenté d'une feuille d'assemblage pour faciliter les recherches, gravé en fac-similé par Lebel, et publié par la Société des bibliophiles français. Paris, 1858. In-folio en feuilles.

589 — *Goya*. Los desastros de la guerra ; coleccion de ochenta laminas inventadas y grabadas al agua fuerte por Don Francisco Goya, publicata la R¹ Academia de Nobles Artes de San Fernando. Madrid, 1823. Quatre-vingts planches in-4. en feuilles.

590 — Les Caprices; suite de quatre-vingts planches. 1 vol. in-4. broché.

591 — *Granville*. Le Dimanche d'un bon bourgeois ou les tribulations de la petite propriété, par Isidore Granville. Suite de douze pièces coloriées, in-4. Broché.

592 — *Hans Makart*. Fêtes données à Vienne en 1879, à l'occasion des noces d'argent de S. M. l'Empereur d'Autriche. Quarante-sept planches avec texte, en douze livraisons.

593 — *Jacque (Ch.)*. Trente eaux-fortes publiées par A. Delahays. In-fol. en portefeuille. Epreuves sur chine,

594 — *Lami (Eug.)*. Voyage en Angleterre, par Eug. Lami et H. Monnier. Paris et Londres 1830. Vingt-sept pièces avec texte et couverture.

595 — Voyage en Angleterre par Eug. Lami et H. Monnier. A Paris, chez Gihaut, sans D. Suite de vingt-quatre pièces coloriées.

596 — Souvenirs du camp de Lunéville par Eugène Lami. Paris, 1829. Six planches et titre.

597 — Cinq pièces doubles des précédentes.

598 — Les contretems en caricatures, par Eug. Lami, 1825. Vingt-quatre pièces et le titre.

599 — La Vie de château, Paris 1828. Dix pièces et un titre.

600 — *Lami (Eug.)*. Panorama du bois de Boulogne, 1828. Douze pièces et un titre.

601 — Quadrille de Marie Stuart, 11 mars 1829. Trente et une pièces.

602 — Inconvénients de voitures. Six pièces.

603 — Sous ce numéro il sera vendu deux portefeuilles, scènes de mœurs, costumes militaires par et d'après Eugène Lami, en noir et coloriées.

604 — *Leloir (L.)*. Suite de gravures pour les œuvres de Molière. Trente planches. Epreuve sur papier vergé avant la lettre.

684 *bis* — *Leprince*. Inconvénients des diligences. Douze pièces.

605 — *Madou*. Souvenirs de Bruxelles dessinés par Madou. Trente-quatre pièces dans la couverture de publication.

606 — *Monnier (H.)*. Jadis, Aujourd'hui. Seize pièces.

607 — Galerie théâtrale. Dix-sept pièces.

608 — Mœurs administratives, dessinées d'après nature par Henri Monnier. Dix-neuf pièces.

609 — Six quartiers de Paris, par Henri Monnier, 1828. Six pièces.

610 — Mœurs parisiennes. Dix pièces.

611 — Récréation du cœur et de l'esprit, dessinées d'après nature par Henri Monnier. Trente et une pièces.

612 — Les Grisettes, dessinées d'après nature, par Henri Monnier. Quarante-huit pièces de différentes suites.

613 — Répertoire du Théâtre de Madame et Chansons de Béranger. Trente-trois pièces.

614 — Sous ce numéro il sera vendu par lots un portefeuille d'estampes. par et d'après Henri Monnier, en noir et coloriées.

615 — *Percier et Fontaine*. Description des cérémonies et des fêtes qui ont eu lieu pour le mariage de S. M. l'Empereur Napoléon avec S. A. I. Madame l'archiduchesse Marie-Louise d'Autriche. Paris 1810. In-fol. Texte et treize planches.

616 — *Prud'hon*. Toilette de l'Impératrice et Reine Marie-Louise et Berceau du Roi de Rome son fils, exécutés par Odiot et Thomire, d'après les dessins de Prud'hon et Cavelier. Six planches avec texte. In-fol. cart.

617 — *Raffet*. Souvenirs d'Italie, expédition de Rome. Paris, Gihaut. S. D. Suite de trente-six pièces sur chine, en feuilles.

618 — Siège de la citadelle d'Anvers. Vingt-quatre pièces. — Retraite de Constantine. Six pièces et le frontispice. — Prise de Constantine. Douze pièces et le frontispice. En tout quarante-six pièces, en feuilles.

619 — Vingt-six planches inédites, costumes militaires et étrangers, portraits et sujets divers, lithographiées au crayon, au lavis, à l'estompe et sur papier Auguste Bry. Paris, 1860. In-fol , en feuilles.

620 — *Unger* (W.). Eaux-fortes d'après Frans Hals. Vingt pièces. Epreuves sur chine.

621 — *Vander Meulen (François)*. Son œuvre gravé, en cent dix-sept pièces. 1 vol. in-fol. veau.

GRAVURES ENCADRÉES

DEBUCOURT (P.-L.)

622 — Promenade de la galerie du Palais-Royal, 1787. Très belle épreuve en couleur.

623 — La Promenade publique, 1792. Belle épreuve de la copie, en couleur.

624 — Les Bouquets, ou la Fête de la grand'maman, en couleur. Très belle épreuve.

FRAGONARD (d'après H.)

625 — La culbute, par Charpentier. Belle épreuve.

LAWRENCE (d'après sir Th.)

626 — The countess Gower and the Lady Elizabeth Leveson Gower, par Cousins. Très belle épreuve.

REYNOLDS (d'après sir J.)

627 — Diana viscountess Grosbie, par Dickinson. Belle épreuve.

628 — Lieut.-col. Tarleton, par Smith. Belle épreuve.

ROWLANDSON (d'après)

629 — Vaux-Hall, par R. Pollard, en couleur. Très belle épreuve.

WATTEAU (d'après Ant.)

630 — Embarquement pour Cythère, par Tardieu. Très belle épreuve.

631 — Sous ce numéro il sera vendu quelques gravures enca-drées, d'après Boucher, Van Dyck, Rubens, sujets de courses, etc.

632 — Sous ce numéro il sera vendu environ cent mille estampes de toutes les écoles, sujets de genre, pièces his-toriques, costumes, lithographies et vignettes pour illus-tration de livres, etc., etc.

Imp. D. Dumoulin et Cᵢᵉ, rue des Grands-Augustins, 5, à Paris.

RED.:

20

MIRE ISO N° 1
NF Z 43-007
AFNOR
Cedex 7 - 92080 PARIS-LA-DÉFENSE

379.89.70
graphicom

0 1 2 3 4 5 6 7 8 9 10

BIBLIOTHEQUE NATIONALE DE FRANCE

****

CHATEAU DE SABLE

1996

Imprimé en France
FROC030043250919
22241FR00010B/306/P